Chers amis rongeurs,
bienvenue dans le monde de

D1329225

Geronimo Stilton

Ce livre est dédié à tous ceux qui rêvent d'escalader le Kilimandjaro...

« Chers amis petits et grands, je dédie cette aventure à tous ceux qui affrontent la vie de tous les jours avec enthousiasme et courage, et qui communiquent leurs émotions à leurs amis moins chanceux, qui ont cessé de lutter... afin qu'ils puissent s'envoler de nouveau, heureux...
        CHACAL

Texte de Geronimo Stilton.
*Basé sur une idée originale d'*Elisabetta Dami.
Coordination éditoriale de Piccolo Tao.
Édition de Certosina Kashmir *et* Topatty Paciccia.
Coordination artistique de Gògo Gó.
Couverture de Lorenzo Chiavini.
Illustrations intérieures de Roberto Ronchi *(crayonnés) et* Silvia Bigolin *(couleurs).*
Graphisme de Merenguita Gingermouse, Zeppola Zap *et* Brigitte Torri Vaccà.
Traduction de Titi Plumederat.

www.geronimostilton.com

Pour l'édition originale :
© 2004, Edizioni Piemme S.p.A. – Via Galeotto del Carretto, 10 – 15033 Casale Monferrato (AL) – Italie
www.edizpiemme.it – info@edizpiemme.it, sous le titre *Che fifa sul Kilimangiaro !*
International rights © Atlantyca S.p.A. – Via Leopardi, 8 – 20123 Milan, Italie – www.atlantyca.com
contact : foreignrights@atlantyca.it
Pour l'édition française :
© 2010, Albin Michel Jeunesse – 22, rue Huyghens, 75014 Paris – www.albin-michel.fr
Loi 49-956 du 16 juillet 1949 sur les publications destinées à la jeunesse
Dépôt légal : premier semestre 2010
N° d'édition : 17093/2
ISBN-13 : 978 2 226 19550 0
Imprimé en France par l'imprimerie Clerc à Saint-Amand-Montrond en janvier 2010

Geronimo Stilton

LE KILIMANDJARO, C'EST PAS POUR LES ZÉROS !

ALBIN MICHEL JEUNESSE

GERONIMO STILTON
SOURIS INTELLECTUELLE,
DIRECTEUR DE *L'ÉCHO DU RONGEUR*

TÉA STILTON
SPORTIVE ET DYNAMIQUE,
ENVOYÉE SPÉCIALE DE *L'ÉCHO DU RONGEUR*

TRAQUENARD STILTON
INSUPPORTABLE ET FARCEUR,
COUSIN DE GERONIMO

BENJAMIN STILTON
TENDRE ET AFFECTUEUX,
NEVEU DE GERONIMO

DES CHOCOLATS AU ROQUEFORT... OU DU PÂTÉ AU BEAUFORT ?

C'était une froide soirée d'octobre.
Sur Sourisia, la ville des Souris, *il soufflait un vent*
à défriser les moustaches.
Je frissonnai en boutonnant ma doudoune.
Je fermai la porte de mon bureau et m'apprêtai à
rentrer chez moi...
Oh, excusez-moi, je ne me suis pas
présenté : mon nom est Stilton,
Geronimo Stilton ! Je dirige
L'ÉCHO DU RONGEUR, le
journal le plus célèbre de
l'île des Souris !

Ainsi donc, j'avais quitté mon bureau et je rentrais chez moi, 8, rue du Faubourg du Rat. J'ouvris la porte et fus accueilli par une douce chaleur !

Pour commencer, je passai dans la salle de bains et me fis couler un bain. Je me plongeai dans l'eau… Ah, j'adore les bains !

Puis j'enfilai mon pyjama préféré et chaussai mes pantoufles. Je me frottai les pattes, satisfait, puis ouvris le réfrigérateur.

–Miam miam miam, rien que des mets délicieux ! Des chocolats au roquefort ou du pâté au beaufort ? De la tarte au saint-nectaire ou du soufflé au camembert ? Des lasagnes à la mozzarella ou du gratin de gruyère ? Le choix est difficile, tout est délicieux !

Comme je n'arrivais pas à me décider, je pris la plus grande assiette que je trouvai et la remplis d'un petit morceau de chaque. Je me préparai un chocolat chaud bien crémeux et trottinai jusqu'à la salle de séjour.

J'allumai un bon feu dans la cheminée. Sur la table était étalé un immense PUZZLE.

Il représentait un panorama de la ville des Souris et il était très com-pli-qué !

Cela faisait des mois que je travaillais à ce puzzle.
Il ne me manquait plus que quelques pièces à placer et j'aurais terminé !

– Je vais pouvoir le faire encadrer et l'accrocher au mur. Ce n'est pas tous les jours qu'on finit un **PUZZLE** aussi grand !

J'examinai les dernières pièces.

J'en plaçai une, puis une autre et une autre encore…

Mon cœur battait très fort, lorsque je plaçai la dernière pièce.

MON PUZZLE !

C'est alors que la table se mit à... vibrer...
J'essayai de la retenir fermement, mais... un autre
soubresaut fit exploser le puzzle en mille morceaux.
J'entendis un cri :

- Gggeronimoooooooooooo !

Je blêmis. Je connaissais cette
voix. Je savais à qui
elle appartenait.
À la souris la plus
intrépide du monde.
À... *CHACAL* !

Tu entraînes ta petite patte à ouvrir le réfrigérateur ?

Une seconde plus tard, un rongeur *hyper-musclé, hyper-tonique, hyper-entraîné, hyper-tatoué, hyper-bondissant, hyper-dynamique, hyper-énergique, hyper-souriant* sauta sur la table.

Quel rongeur BIZARRE !

Il me broya BIZARREMENT la patte dans un étau d'acier et siffla avec un accent BIZARRE :

– Ççça va ? Tu es prêt pour ccce grand défi, *Cancoyote* ?

Je m'exclamai, hystérique :

– **PRIMO** : je ne suis **JAMAIS** prêt pour les voyages aventureux que tu proposes, Chacal…

SECUNDO : tu as détruit le puzzle sur lequel je travaillais depuis six mois !

Il fit comme s'il n'avait rien entendu et tourna autour de moi en m'étudiant d'un air critique.

– Uhm, la queue grasse... des bourrelets... des muscles flasques... du bidon...

Reconnais-le, tu n'es pas du tout *entraîné* !

J'essayai de cacher l'assiette de dégustation dans mon dos...

– Ehm, si, enfin non, je ne suis pas très entraîné, en fait je...

Il découvrit l'assiette.

– Ahaaa ! Je vois la façon dont tu t'entraînes, **Cancoyote** ! Tu entraînes ta petite patte à ouvrir le réfrigérateur ! Tu t'entraînes à te lécher les moustaches ! Tu t'entraînes les mâchoires à mastiquer ! Tu t'entraînes à prendre du ventre ! Tu t'entraînes à défoncer ta balance !

Il renifla le fromage.

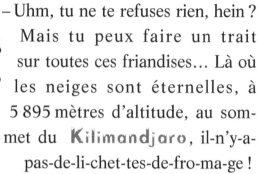

– Uhm, tu ne te refuses rien, hein ? Mais tu peux faire un trait sur toutes ces friandises… Là où les neiges sont éternelles, à 5 895 mètres d'altitude, au sommet du **Kilimandjaro**, il-n'y-a-pas-de-li-chet-tes-de-fro-ma-ge !

Je m'informai, inquiet :

– Ah, les neiges éternelles, hein ? 5 895 mètres d'altitude ? Le **Kilimandjaro** ? Serait-ce là que tu veux m'emmener, par hasard ?

Chacal ricana :

– Tu n'es peut-être pas entraîné, mais ton cerveau fonctionne, hein ? Bravo, c'est en effet sur le **Kili-mandjaro** que je veux t'emmener, **parole de Chacal !**

J'explosai (comme avait explosé mon puzzle) :

– Il n'est pas question que je monte sur le *Kilimanchose* ou quel que soit son nom, parole de Stilton, *Geronimo Stilton* !

JE NE SUIS PAS UN GARS,
OU PLUTÔT UN RAT,
TRÈS SPORTIF...

– Et sais-tu qui a eu cette idée **géniale** ? demanda Chacal, en me donnant une pichenette sur l'oreille. C'est ta sœur Téa, elle a dit que ce serait un scoop exceptionnel !

Je me jetai sur le téléphone et appelai ma sœur.

– Téa, je t'en supplie, tu ne peux pas m'envoyer sur le **Kilimandjaro** ! Je ne veux pas y aller ! Tu sais bien que je ne suis pas un gars, *ou plutôt un rat*, très sportif, mais un *rongeur intellectuel* !

Elle chicota :

– Geronimo ! Tu ne vas pas pleurnicher ! Tu sais bien que les ventes du journal redoublent quand nous publions un de tes récits de voyage, n'est-ce pas ?

– Euh, oui, mais…

– Et alors, tu voudrais **DÉCEVOIR** tes lecteurs ?

– Euh, non, mais…

Afin de me convaincre, Téa me passa Benjamin, mon neveu préféré.

– Oncle Geronimo ! J'ai appris que tu allais escalader le **Kilimandjaro** ! Comme tu es intrépide ! Moi aussi, quand je serai grand, je voudrais être comme toi ! Tonton, tu m'enverras une carte postale, n'est-ce pas ? Je **penserai** beaucoup à toi pendant que tu escaladeras le **Kilimandjaro** !

C'était un coup bas. Téa sait que je ne peux rien refuser à mon neveu chéri.

– Oui, Benjamin. Je vais escalader le **Kili-mandjaro**. Et moi aussi, je penserai tout le temps à toi !

J'ESPÈRE
QUE TU DÉBORDES
DE GRATITUDE POUR MOI !

Un instant plus tard, **CHACAL** m'entraînait dans le magasin d'articles de sport le mieux fourni de la ville des Souris, TOUT POUR LE RAT AVENTURIER.

Il entra en soufflant dans son sifflet :

– Fiouuuuuuuuuuuuuuuuuuuuuuuuuuuuuuuu !

Il hurla :

– Vitevitevite ! Tout le monde immédiatement au rapport ! Allezallezallez ! Et que ça sauuuuuuuuuuute !

Ça urgeeeeeeeeeeeeeeeeeeeeee !

Le directeur du magasin, qui me connaît depuis longtemps, accourut, suivi de tous les vendeurs.

– Que se passe-t-il ? Quelle urgence ? demanda-t-il, inquiet.

Chacal sortit une liste longue de un mètre et demi et annonça en hurlant dans un mégaphone :

– Allez, gros malins, BOUGEZ-VOUS BOUGEZ-VOUS BOUGEZ-VOUS et pas de blague, nous n'avons pas de temps à perdre, le **Kilimandjaro** nous attend. Il nous faut **une** tente ! **Deux** sacs de couchage ! **Trois** litres de crème solaire protection 60 ! **Quatre** paires de gants ! **Cinq** boîtes de pansements pour les ampoules... ou plutôt, non, mettez-en **six**, parce que nous en avons, nous en avons, nous en avons, du chemin à faire !

Tous nous regardèrent, comme si nous avions la citrouille creuse, en murmurant :

– Monsieur Stilton a des amis BIZARRES...

J'étais tellement gêné que j'en ROUGIS.

Quand nous passâmes à la caisse, la caissière imprima un ticket long d'un mètre et demi...

Je PÂLIS en découvrant le total : il y avait de quoi assécher mon compte en banque !

Sac de couchage

Godillots

Pull

Chaussures de repos

Raquettes à neige

Appareil photo

Pantalon imperméable

Doudoune

Lampe torche

Caleçon

Chandail

Bandana

Chaussettes

Gourde

Lumière frontale

Chemise

Survêtement

Passe-montagne

Kit de survie

Carnet et stylo

Gants

Miroir

Crème solaire

Serviette

Lunettes

Sous-vêtements

Sac à dos

Bonnet

Médicaments

Brosse à dents, peigne, dentifrice et savon

Guide du Kenya et de la Tanzanie

Passeport et certificat de vaccination

Mini-dictionnaire de swahili

Chacal fit un clin d'œil à la caissière.

– Mettez tout cela sur le compte de **Cancoyote**, c'est-à-dire de monsieur Stilton, il ne sait plus quoi faire de tout son **POGNON** ! Salut, au revoir et bisous, on se revoit au prochain trekking !

Puis il sortit d'un pas décidé.

– Tu as vu comment on fait ?

Prends-en de la graine !

J'espère que tu débordes de gratitude pour moi !

Puis il se donna une tape sur le front.

– **Cancoyote**, une dernière chose : as-tu déjà fait ton testament ? T'es-tu déjà choisi un beau cercueil ? As-tu déjà réservé une concession au cimetière, au cas où tu ne reviendrais pas vivant ? Ça peut arriver, dans des voyages d'aventure comme celui-ci, tu sais !

Je pâlis.

C'est alors que mon portable **sonna**.

C'EST MOI QUI VAIS T'ENTERRER, GERONIMO !

C'était **SOUTERRAT TÉNÉBRAX**, le père de mon amie *TÉNÉBREUSE TÉNÉBRAX*, propriétaire de l'entreprise de pompes funèbres FUNÉRAILLES AU POIL. Il s'écria :

    – Geronimo, j'ai appris que tu allais escalader le **Kilimandjaro** ! Ne t'en fais pas, si tu crèves, c'est moi qui t'enterrerai !

Je te ferai des funérailles au poil ! J'ai déjà mis de côté un cercueil doublé de velours jaune !

Je pâlis.

– Euh, merci de cette attention, mais j'espère que ce ne sera pas nécessaire.

Aïïïïïïe !

Il éclata d'un petit rire **LUGUBRE**.

– Ah ha haaa, qui peut le savoir ? Le **Kilimandjaro** culmine à 5 895 mètres, j'ai vérifié sur l'atlas... Il peut se passer tant de choses avant que tu n'atteignes le sommet... par exemple tu peux te casser une jambe... tomber dans une crevasse... être congelé...

Au secouuuurs !

TÉNÉBREUSE lui arracha le téléphone et s'écria :

– *Chouchou*, il faut que tu rentres vivant, hein ? J'ai des plans pour toi, c'est-à-dire pour nous, c'est-à-dire pour notre futur, tu vois ce que je veux dire ? Tu n'as pas intérêt à crever sur le **Kilimandjaro**, hein ?

Brrrr !

J'ai besoin que tu sois vivant pour le jour de mes fiançailles, ou plutôt du mariage, compris ?

Chacal hurla :

– **Gros malin**, tu ne m'avais pas dit que tu étais fiancé !

J'essayai d'expliquer :

– Mais je ne suis absolument pas fianc…

Il insista :

– Et tu ne m'avais pas dit que tu pensais au mariage !

– Mais je n'y pense absolument…

Connaissez-vous Ténébreuse ? C'est une rongeuse charmante, qui n'a qu'un seul défaut : elle se dit ma fiancée, mais… … ce n'est absolument pas vrai, je vous en donne ma parole d'honneur de rongeur !

Il rugit dans le téléphone :

– Bonjour, mademoiselle, ne vous inquiétez pas, Chacal se charge de vous le ramener **tout frais tout frais** pour le jour des fiançailles, ou plutôt pour le jour du mariage ! Vous verrez, je vais en faire une **Vraie Souris**, vous pourrez constater la diffé-rence ! Et si ce gros malin fait des *CAPRICES*, prévenez-moi, je le remettrai au pas… Je vais vous le conduire à l'autel en le tirant par les moustaches, *PAROLE DE CHACAL !*

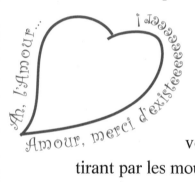

Il raccrocha et me fit un clin d'œil.

– *Cancoyote*, pourquoi ne m'as-tu jamais dit que tu étais fiancé ?

– Je ne suis **pas** fiancé, comment faut-il te le dire ?

Il me donna un coup de coude qui me cabossa les côtes.

– C'est pour quand, la noce, *Cancoyote* ?

– **Jamais** ! Parole de rongeur ! Parole de Stilton, *Geronimo Stilton* !

Il ricana.

– Je sais ce que c'est que d'être amoureux… Moi, je suis fou de ta sœur.

Idééééééée !

Pourquoi n'organiserions-nous pas une belle cérémonie tous ensemble ? Ténébreuse et toi, Téa et moi ?

Le téléphone sonna. C'était un SMS de Ténébreuse…

« *CHOUCHOU, GARE À TOI SI TU NE RENTRES PAS VIVANT, PAROLE DE TÉNÉBREUSE TÉNÉBRAX !* »

Je me demandai ce qui serait le plus dangereux. Escalader le **Kilimandjaro**… ou affronter TÉNÉBREUSE à mon retour ???

UNE AVENTURE UNIQUE AU MONDE

Le lendemain matin, nous prîmes l'avion pour la Tanzanie. Quand l'hôtesse nous servit le déjeuner, **CHACAL** m'arracha le plateau de sous le museau.

– Négatif, **Cancoyote**, à partir d'aujourd'hui tu es au régime, compris ? Sinon, tu n'arriveras jamais au sommet du **Kilimandjaro** !

Puis il chuchota à l'hôtesse, d'un ton mystérieux :

– Mademoiselle, ne donnez *rien* à manger à ce rongeur, compris ? Même s'il vous supplie, même s'il vous implore, même s'il sanglote, r-i-e-n, pas une miette de pain, pas une croûte de fromage, pas un trognon de pomme ! Rien que de l'eau… mais sans bulle, sinon ça lui monte à la tête !

Puis il hurla à tous les passagers :

– **Prenez note, *Cancoyote*, ici présent,**

AFRIQUE

Mer
Méditerranée

Sahara

KILIMANDJARO   Kenya

Océan Indien

Océan
Atlantique

TANZANIE

Madagascar

L'AFRIQUE est le troisième continent du monde en superficie. Il s'étend en effet sur plus de 30 millions de km² en forme de triangle. Ce territoire est caractérisé par une vaste zone désertique au Nord (le désert du Sahara) et par de grands plateaux sur lesquels s'élèvent des montagnes isolées d'origine volcanique, comme le Kilimandjaro (5 895 mètres).

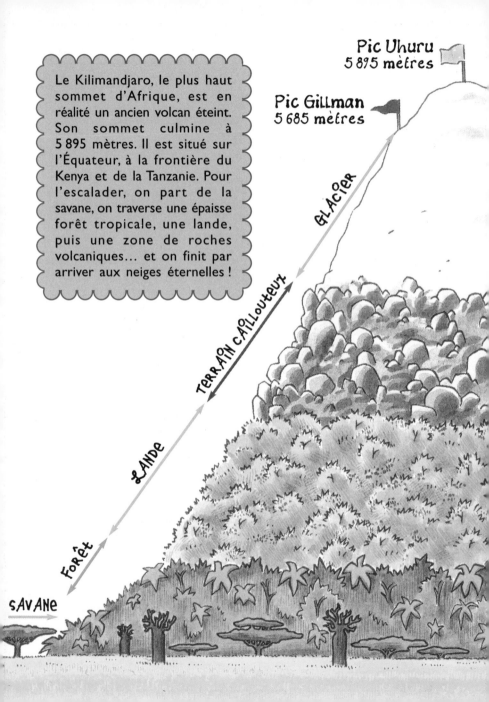

Le Kilimandjaro, le plus haut sommet d'Afrique, est en réalité un ancien volcan éteint. Son sommet culmine à 5 895 mètres. Il est situé sur l'Équateur, à la frontière du Kenya et de la Tanzanie. Pour l'escalader, on part de la savane, on traverse une épaisse forêt tropicale, une lande, puis une zone de roches volcaniques... et on finit par arriver aux neiges éternelles !

Pic Uhuru
5 895 mètres

Pic Gillman
5 685 mètres

GLACIER

TERRAIN CAILLOUTEUX

LANDE

FORÊT

SAVANE

va escalader le Kilimandjaro, excusez du peu !

Tout le monde nous dévisagea, intrigué, et je devins ÉCARLATE.

Hélas, quand on voyage avec CHACAL, on ne manque jamais d'attirer l'attention sur soi !

Il continuait de jacasser :

– Je vais faire de toi une Vraie Souris Voyageuse !

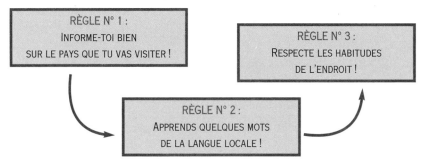

RÈGLE N° 1 :
INFORME-TOI BIEN
SUR LE PAYS QUE TU VAS VISITER !

RÈGLE N° 3 :
RESPECTE LES HABITUDES
DE L'ENDROIT !

RÈGLE N° 2 :
APPRENDS QUELQUES MOTS
DE LA LANGUE LOCALE !

Ah, si je n'étais pas là pour me charger de ton éducation... J'espère que tu débordes de gratitude pour moi ! Allez, maintenant, je vais t'apprendre quelques mots de swahili. Répète après moi...

MINI-DICTIONNAIRE

Salut : *jambo* ou *salama*.
Bienvenue : *karibu*.
Comment ça va ? : *habari ?*
Bien, merci : *mzuri*.
Bonne nuit : *lala salama*.
Oui : *ndiyo*.
Non : *hapana*.
Merci : *asante*.
Merci beaucoup : *asante sana*.
Pas de problème : *akuna matata*.
Doucement : *pole pole*.
Puis-je prendre une photo ? : *itapiga picha ?*
Comment t'appelles-tu ? : *unaitwa nani ?*
Aujourd'hui : *leo*.

SWAHILI

Le swahili est la langue officielle du Kenya, de la Tanzanie et de l'Ouganda. Il est également parlé en République du Congo.

Demain : *kesho.*
Toilettes : *choo.*
Nourriture : *chakula.*
Eau : *maji.*
Légumes : *mboga.*
Banane : *ndizi.*
Viande : *nyama.*
Lait : *maziwa.*
Pain : *mkate.*
Poulet : *kuku.*
Riz : *mchele.*
Œuf : *yai.*

Chiffres

1	moja	6	sita
2	mbili	7	saba
3	tatu	8	nane
4	nne	9	tisa
5	tano	10	kumi

LA MYSTÉRIEUSE FORÊT TROPICALE !

Nous atterrîmes enfin en Tanzanie, au Kilimandjaro Airport. Nous étions attendus par notre guide, **BARAKA**, un rongeur au regard **FIER**.

– *Karibu !* (Bienvenue !)

Heureux de connaître quelques mots en swahili, je demandai :

– *Jambo, habari ?* (Salut, comment ça va ?)

J'aurais aimé faire un tour et acheter une carte postale pour Benjamin, mais **CHACAL** m'en empêcha.

– **Négatif** ! Nous ne sommes pas ici pour faire du tourisme, économise tes pattounettes, *parce qu'il va y en avoir, il va y en avoir, il va y en avoir,* du chemin à parcourir !

Il me fit monter dans un autocar tout déglingué.

Quelques heures plus tard, nous étions déjà à 1 800 mètres d'altitude : à Marangu, au pied du **Kilimandjaro** !

Je regardai la montagne : c'était un **énorme** cône au profil **ARRONDI**... On aurait dit une galette recouverte de sucre glace !

Je laçai mes chaussures et mis mon sac à dos. Mais j'avais à peine fait quelques pas dans la forêt que j'entendis un bourdonnement impressionnant...

Bbbzzz...

Bbbzzz...

Bbbzzzzzzzzzzzzzzz...

Bbbzzzzzzzz...

Bbbzzzzzzzzz...

Bbbzzzzzzzzzzzz...

Bbbzzzzzzzzzzzzzzzz...

JE NE SUIS PAS
DE LA BOUSTIFAILLE
À MOUSTIQUAILLE !

BARAKA me rassura :

– *Akuna matata.* (Pas de problème.) *Ce ne sont que des moustiques !*

Je blêmis. *Akuna matata,* tu parles ! Ces moustiques étaient énormes, un croisement entre un deltaplane et un hélicoptère !

–Aïïïïïïïïïïïe ! Je ne suis pas de la boustifaille à moustiquaille ! Ça pique !

J'entrepris de me donner des claques sur le museau, qui devint tout rouge, car il était non seulement constellé de piqûres, mais aussi tout gonflé à cause des gifles !

La démangeaison était insupportable et je me grattais furieusement.
À mesure que nous montions, la
végétation changeait et, bientôt, nous laissâmes les moustiques
derrière nous… Mais j'avais le museau
tout déformé par les piqûres : on aurait dit
un croisement entre une pustule gigantesque et un
monstre bosselé ! Je progressais sur le sentier
boueux, plié en deux sous mon sac à dos.
Comme il faisait *CHAUD* ! *Comme* j'avais mal aux
pattes ! Et *comme* j'avais le souffle court !
CHACAL m'encouragea :
– Allezallezallez, le premier jour est le plus dur, tu
dois roder tes **petits muscles**, tu verras
que demain tout sera plus facile (si tu es encore
vivant, bien sûr).
BARAKA désigna la forêt.
– Ici vivent des buffles, des rhinocéros, des léo-
pards et des singes…

Forêt équatoriale

1 **RHINOCÉROS**
2 **CROCODILE**
3 **LÉOPARD**
4 **HIPPOPOTAME**
5 **MARABOUT**
6 **OKAPI**
7 **CERCOPITHÈQUE**
8 **PANGOLIN**
9 **PYTHON**
10 **MANDRILL**
11 **BUFFLE**
12 **ANTILOPE**
13 **POTAMOCHÈRE**
14 **GORILLE**

Chacal précisa :

– ... et même des serpents ! Attention à toi, **Cancoyote** !

Des arbres gigantesques se dressaient au-dessus de notre tête, filtrant les rayons du soleil.

Des gouttes d'humidité me pleuvaient sur les oreilles. De longues lianes pendaient des arbres, recouvertes de mousse.

L'atmosphère était étouffante, saturée du parfum des fleurs tropicales.

Ooooooh, comme j'avais mal aux pattes !

Elles devaient être couvertes d'ampoules ! Je m'assis sur un tronc pour retirer mes chaussures, mais *quelque chose* de froid et visqueux... s'entortilla autour de mon cou.

J'étais déjà tout rouge, les yeux exorbités et la langue pendante, quand **CHACAL** bondit de derrière un buisson.

– Aïeaïeaïe, **Cancoyote**, cette fois, c'était un serpent en caoutchouc, mais si ç'avait été un vrai... Heureusement que je suis là pour me charger de ton éducation. J'espère que tu débordes de gratitude pour moi !

Dès que j'eus repris mon souffle, je me lançai à sa poursuite en piquant un sprint comme je ne m'en croyais pas capable. Il ricana, amusé, en se moquant de moi :

– Courscourscours, **Cancoyote** !

C'est ainsi, en le poursuivant, que j'atteignis enfin le Refuge Mandara, à 2 700 mètres !

UNE SOUPE DE LÉGUMES MAGIQUE

Quatre heures s'étaient écoulées depuis notre départ et le moment du repas était arrivé.

BARAKA nous fit entrer dans une cabane en bois où étaient réunis tous les alpinistes. Nous découvrîmes que de nombreuses expéditions tentaient l'ascension du **Kilimandjaro**, ou plutôt du **Kili**, comme ils l'appelaient affectueusement. Des Français, des Allemands, des Espagnols, des Italiens, des Américains, des Australiens : on parlait une foule de langues différentes dans cette cabane !

La *passion* pour le sport, l'amour de la montagne, le désir de surpasser nos limites nous unissaient au-delà des différences d'origine et de traditions. Baraka nous prépara une succulente soupe de légumes et nous la servit en souriant.

– *Chakula !* (Nourriture !)

CHACAL la renifla.

– Elle est bonne, cette soupe, mais la pizza…

Puis il l'engloutit d'un coup, en grognant :

– *GROARRR !* J'ai une faim de loup !

Je souris :

– *Asante !* (Merci !)

Comme par magie, cette bonne soupe chaude me revigora… Après quoi je me glissai dans mon sac de couchage et sombrai dans un sommeil très profond.

LA LANDE !

Le lendemain matin, **BARAKA** nous réveilla à l'aube et nous repartîmes après une tasse de thé.

Nous sortîmes de la forêt tropicale. Nous nous retrouvâmes sur une lande, où ne poussaient que de la bruyère et des rhododendrons.

Baraka m'indiqua un minuscule caméléon, que j'observai avec curiosité.

BRUYÈRE

Il changeait de couleur à toute vitesse !

RHODODENDRON

CAMÉLÉON

POLE POLE... DOUCEMENT !

Puis la lande s'effaça devant une prairie où poussait une herbe haute de deux mètres,

qui ondoyait sous le vent comme un océan vert.

BARAKA expliqua :

– Plus on monte, plus la quantité d'oxygène diminue, et c'est pourquoi on se sent plus fatigué. Mais,

POLE POLE !

pour être certain d'arriver au sommet du **Kilimandjaro**, il y a un moyen sûr : il suffit d'avancer tout doucement.

Il répéta en swahili :

– *Pole pole !* (Tout doucement !) Nous ne nous presserons pas, mais nous irons plutôt doucement, et même très doucement !

Pole pole… pole pole… pole pole…

Nous fûmes bientôt dépassés par d'autres groupes qui marchaient plus vite que nous. Ils nous sourirent d'un air de supériorité, mais **BARAKA** nous fit un signe de connivence.

– *Pole pole, akuna matata !* (Tout doucement, pas de problème !)

LOBÉLIE ?
LOBÉLIIIIIIIIE !

Je balbutiai :

– Mais quand arrivons-nous ? Voilà plus de quatre heures que nous marchons !

BARAKA expliqua :

– Quand vous verrez des lobélies, c'est-à-dire des plantes grasses aux feuilles charnues et pointues, cela voudra dire que nous sommes presque arrivés. En effet, les lobélies ne poussent que vers 3 000 mètres d'altitude.

Je regardais toutes les plantes que nous rencontrions, mais je ne vis pas l'ombre d'une lobélie.

– Lobélie ? demandai-je plein d'espoir, en montrant des plantes çà et là.

Mais Baraka continuait à secouer la tête. Enfin, CHACAL désigna une petite plante à moitié cachée dans l'herbe.

- Lobéliiiiiiiiiiiiie !

Je regardai autour de moi et en vis d'autres, de plus en plus grosses, certaines étaient même plus hautes que moi.

Au milieu de ces plantes étranges, on avait l'impression d'être dans une forêt primaire !

Peu après, dans le brouillard, je découvris plein de petites cabanes triangulaires accrochées à la montagne comme des puces sur le pelage d'un chat… c'était le REFUGE HOROMBO, à 3 720 mètres.

Lobéliiiiiiiiiiiiiiiiie !

C'était le deuxième jour… J'avais les pattes tapissées d'ampoules devant et derrière, dessus et dessous.

Ooooooh, j'avais tellement mal aux pattes !

Je grignotai un morceau puis, malgré ma fatigue, j'entrepris d'écrire mon journal de voyage.

À mon retour à Sourisia, je voulais pouvoir tout raconter à mes lecteurs, le plus fidèlement possible, pour qu'ils éprouvent vraiment toutes les émotions que j'avais ressenties moi-même !

UNE ÉTENDUE DE ROCHES VOLCANIQUES !

Le lendemain matin, nous repartîmes à l'aube.

Une expédition qui marchait plus vite que nous nous dépassa en ricanant :

— Rendez-vous au sommet, bande de limaces !

Nous continuâmes à avancer d'un pas lent mais régulier. Bientôt, le paysage se transforma en une étendue désolée de roches volcaniques, balayée par un vent **glacial**.

Plus rien ne poussait au milieu de ces pierres nues... Pas une plante, pas une fleur.

Le paysage devint **hallucinant** et **lunaire**, comme si nous nous retrouvions sur une planète sans vie !

L'oxygène continuait à diminuer et il était toujours plus difficile de progresser.

À mi-chemin, nous rattrapâmes les gros malins qui nous avaient dépassés : ils s'étaient arrêtés, la langue pendante et la mine défaite !

Nous passâmes devant eux d'un pas lent mais régulier.

BARAKA sourit sous ses moustaches.

– Pour les gros malins, la montagne, ça ne pardonne pas...

Chacal rugit :

– Allez, Cancoyote, montrons-leur comment on arrive au sommet : *lents* mais *prudents, placides* mais *rapides, réguliers* mais *déliés, épuisés* mais *avisés, craquelés* mais *musclés, étouffant* mais *triomphants, hébétés* mais *fêtés, morts...* mais *forts* !

Je hurlai, inquiet :

– *Morts ?*

Je tiens à mon pelage, moi !

TU VERRAS COMME ÇA TE DÉNANIFIERA !

Je me sentais TRÈS MAL : à cause du soleil d'altitude, j'avais un coup de soleil sur le museau... En plus, j'avais froid et, maintenant, j'avais l'estomac barbouillé !

CHACAL n'arrêtait pas de plaisanter (mais il n'avait donc jamais de crampe à la langue ?) :

– Tu verras comme ça te *dénanifiera* d'escalader le Kilimandjaro ! Tu verras, Cancoyote, après, tu auras envie d'escalader n'importe quoi... sauf l'Everest, évidemment. Ah, l'Everest ! C'est le prochain sur la liste, tu sais ? Je parie mon parachute que tu es impatient d'escalader l'Everest, gros malin !

Je voulais répondre : «*Pas question d'esca-*

lader l'Everest ! » mais le souffle me manquait et je ne pus répondre que :

– **Aaaaaaagh**...

– Tu es tellement ému que tu en restes sans voix, n'est-ce pas ? Allez, quand partons-nous pour l'Everest ?

– **Aaaaaaaa**aaaaaaaaaaaaaaaaaaaaaaaaaaaaaaaaaagh...

– Dès notre retour ? D'accord...

Il hurla à **tue-tête** :

– Pour l'instant, il ne faut pas se distraire, concentre-toi sur le Kilimandjaro, **allezallezallez** !

Il me fit chanter la Chanson du Kilimandjaro :

Escaladons le Kilimandjaro,
c'est vrai, c'est sûr, nous arriverons là-haut !
Nous ne savons pas si nous survivrons...
nous verrons bien, nous verrons nous verrons !
Pour nous, ce n'est pas le plus important,
du courage, nous en avons tellement :
les Vraies Souris, c'est nous...
la peur a peur de nouuuuuuuus !

Je répétai, essoufflé :

– Aaaaaaaagh !

Puis je balbutiai :

– En fait, moi, j'ai peur d'avoir peur ! Et, moi, ça m'intéresse beaucoup de savoir si je survivrai ! Ça m'intéresse énormément !

CHACAL fut étonné.

– Mais n'as-tu pas *déjà* fait ton testament ? N'as-tu pas *déjà* choisi un beau **CERCUEIL** ? N'as-tu pas *déjà* réservé une concession au cimetière ? Et alors, qu'est-ce qui t'inquiète ? Imagine la fin glorieuse que c'est de crever pendant l'ascension du **Kili**, pense comme tu deviendras célèbre, tout le monde en parlera... « **Édition spéciaaaaaaaale !** Geronimo Stilton, directeur de L'ÉCHO DU RONGEUR, englouti par un glacier tandis qu'il escaladait le Kilimandjarooooo ! » Tu n'as pas envie de devenir célèbre, Geronimo ?

– Je préférerais devenir célèbre d'une autre façon !

CROQUE LE TRAC
AVEC LE CRIC !

Chacal demanda :

– Tu es fatigué, hein ? Tu sens que tes jambes sont toutes craquées ? Quand tu as l'impression de ne plus y arriver… *croque le trac avec le cric* !

– Quel cric ?

Il me donna une pichenette sur le front.

– Celui que tu as ici, dans ta cervelle ! Tout part de la tête, tu sais ? La fatigue, ce n'est qu'une question mentale, ***PAROLE DE CHACAL*** ! Allez, répète avec moi :

UNE RONGEUSE À COUPER LE SOUFFLE

Soudain, j'entendis une douce voix chanter l'hymne national de Sourisia :

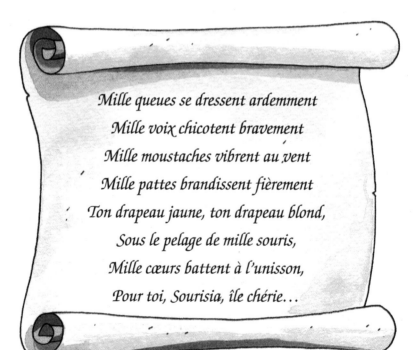

Mille queues se dressent ardemment
Mille voix chicotent bravement
Mille moustaches vibrent au vent
Mille pattes brandissent fièrement
Ton drapeau jaune, ton drapeau blond,
Sous le pelage de mille souris,
Mille cœurs battent à l'unisson,
Pour toi, Sourisia, île chérie…

Je ne pus m'empêcher de joindre ma voix à ce chant.

Notre hymne est si beau, que, lorsque nous le chantons, nous les souris, nous renouvelons nos forces, nous éprouvons un sentiment de fraternité et d'amitié ! Après quoi, je me retournai, curieux de voir qui chantait.

J'en eus le souffle coupé par l'émotion…

Une rongeuse au pelage ambré, avec des yeux luisants comme les étoiles du ciel africain, m'adressa un sourire charmant.

Mon cœur commença à battre la chamade.

Boum-boumboum-boumboumboumBoum-boum-boum-boum-boum-boumuum !

Je m'inclinai et lui fis un baisepatte, en humant une délicieuse *eau de Cologne au camembert*.

Mais, au lieu de me présenter élégamment, je ne parvins qu'à balbutier :

– M-madmoiselle, b-bonjour, mon nom est S-s-s-s-s-S-s…

J'étais sans voix, aussi bien à cause de l'altitude que de l'émotion !

– Je m'appelle Makeda.

Je voulus lui faire la conversation.

– Vous avez une voix splendide !

Elle sourit.

– Je suis comédienne, mais j'adore les aventures extrêmes. Et vous ?

Je décidai de lui dire la vérité.

– Euh, en fait, je ne suis pas un gars, *ou plutôt un rat*, aventurier. Je suis ici pour vivre une expé-

rience que je raconterai aux lecteurs de mon journal, L'ÉCHO DU RONGEUR...

Makeda poussa un petit cri d'enthousiasme.

– *Mais c'est mon journal préféré !*

Alors, vous êtes le célèbre *Geronimo Stilton* !

J'étais déjà CRAMOISI à cause du coup de soleil, sinon je serais devenu rouge d'émotion.

Elle poursuivit :

– Vous devez escalader le Kilimandjaro ce soir ?

Alors nous pouvons faire l'ascension ensemble ! Si cela vous fait plaisir, naturellement...

J'allais dire que ça me faisait trèèès, très très plaisir, mais *CHACAL* rugit :

– Bonjour, mademoiselle, excusez-moi si je vous l'arrache mais j'ai ordre de le surveiller de la part de sa fiancée. Il *doit* se marier bientôt, vous comprenez, et j'ai ordre de ne pas le lâcher d'une semelle...

Pendant un instant, j'eus l'impression qu'elle s'était assombrie.

Est-ce que je lui plaisais ?

Est-ce que j'étais son genre ?

En tout cas, c'était sûr, elle, elle était *mon* genre !

Je soupirai :

– *Par mille mimolettes !* Me marier ? Mais je ne suis même pas fiancé !

CHACAL rugit :

– **QUOIII ?** Je vais le dire à ta fiancée que tu fais le malin, hein !

J'allais protester, mais il m'entraîna vers le refuge que nous venions d'atteindre.

Je criai :

– Euh, mademoiselle, *adieu*, c'est-à-dire *au revoir*, c'est-à-dire *bouh*, j'espère vous revoir, *sentiments respectueux*, c'est-à-dire *salutations distinguées*, c'est-à-dire *salut*, bref, j'espère vous revoir et...

Mais le vent glacial de la montagne balaya mes *paroles confuses et désespérées.*

AVEC L'ESTOMAC BARBOUILLÉ

Nous étions au REFUGE KIBO, à 4 703 mètres.
J'avais l'estomac de plus en plus *barbo*
toutes les cinq minutes, *je m'éclipsais avec le rouleau de papier toilette !* : *illno*

Le refuge était une construction grossière en pierres
et en tôle ondulée, aussi sinistre qu'une prison,
remplie de lits superposés et privée d'eau courante.
Dedans, il faisait *vraiment* froid !
J'enfilai tous mes vêtements les uns par-dessus les
autres, et j'eus l'impression d'être rembourré
comme une dinde FARCIE.
BARAKA expliqua :
– Nous devons partir à minuit,
monter jusqu'au sommet et redescendre avant neuf heures du matin,
car c'est toujours à cette heure que
le temps se dégrade !

Je faussai compagnie à **CHACAL** sous le premier prétexte qui me passa par l'esprit et je courus chercher Makeda. Mais je ne la trouvai pas : le refuge était plein de rongeurs ! Au bout d'une heure de recherches inutiles, **CHACAL** parvint à me rattraper.

– Où étais-tu passé ? demanda-t-il, soupçonneux.

– Ne t'inquiète pas. Je n'ai pas trouvé Makeda ! Je ne la retrouverai... jamais plus ! m'écriai-je, désespéré. Et tout ça, c'est ta faute, Chacal !

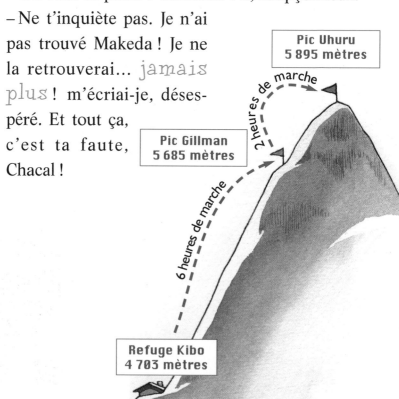

Pic Uhuru
5 895 mètres

2 heures de marche

Pic Gillman
5 685 mètres

6 heures de marche

Refuge Kibo
4 703 mètres

LE CAUCHEMAR
DE MINUIT !

En plus de mes déceptions amoureuses, j'avais un autre problème *très urgent et très embarrassant*. Mon estomac était *vraiment* barbouillé !

Je demandai à **BARAKA** :

– *Choo ?* (Les toilettes ?)

Il m'indiqua une petite cabane. Je m'y précipitai à la vitesse de la lumière. Au milieu, je découvris un trou profond et puant.

De l'extérieur, **CHACAL** me cria :

– Attention à ne pas glisser dedans, Geronimo !

Puis je me retrouvai avec les autres alpinistes dans une grande salle aux murs de **PIERRES** grises, avec des couchettes à trois étages contre les murs.

Ce fut une nuit **ATROCE**.

À cause du manque d'oxygène, j'avais l'impression d'étouffer. Chaque fois que j'essayais de m'endormir, je me réveillais en sursaut. Bref, une atmosphère de **CAUCHEMAR** !

Ratille, le rongeur qui dormait en dessous de moi, ne cessait de se plaindre en somnolant. Enfin, à **MINUIT**, notre guide arriva.

– **Il est temps de partir !**

Ratille secoua tristement la tête.

– Je vais trop mal, je dois renoncer. Mais je reviendrai l'année prochaine pour une nouvelle tentative !

CHACAL approuva :

– Bien dit, mon ami. La véritable sagesse, c'est de comprendre quand il est temps de dire « ça suffit ». Tu verras que tout ira mieux la prochaine fois !

Je suggérai, plein d'espoir :

– Alors, j'ai *bien bien* envie de dire que moi aussi !

– Non, pas toi ! siffla Chacal, en durcissant le museau.

Ratille soupira, mélancolique, et rangea dans son sac à dos la photo d'une petite souris.

– J'avais promis à ma fille d'apporter sa photographie au sommet du **Kilimandjaro.**

CHACAL lui donna une tape dans le dos pour le consoler.

– *Akuna matata !* (Pas de problème !) Nous allons nous charger de la faire parvenir là-haut.

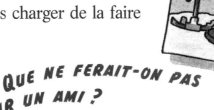

QUE NE FERAIT-ON PAS POUR UN AMI ?

LES CONSEILS DU GUIDE BARAKA

1. LA MONTAGNE EST IMPRÉVISIBLE, ET C'EST POURQUOI ELLE PEUT ÊTRE DANGEREUSE !

2. INFORMEZ-VOUS TOUJOURS SUR LES CONDITIONS MÉTÉOROLOGIQUES AVANT DE PARTIR EN EXCURSION. EN MONTAGNE, LE TEMPS CHANGE TRÈS VITE : MÊME SI LE SOLEIL BRILLE AU MOMENT DE VOTRE DÉPART, VOUS POURRIEZ ÊTRE SURPRIS PAR LE MAUVAIS TEMPS À MI-PARCOURS ET NE PAS POUVOIR REDESCENDRE !

3. LES AVALANCHES REPRÉSENTENT UN AUTRE DANGER. N'ALLEZ JAMAIS DANS LES ZONES INTERDITES ! NE CRIEZ PAS, LES VIBRATIONS POURRAIENT DÉCLENCHER UNE AVALANCHE ; NE JETEZ JAMAIS DE PIERRE, ELLE POURRAIT TOMBER SUR LA TÊTE DE QUELQU'UN EN CONTREBAS !

4. ATTENTION AUX RAVINS ET AUX CREVASSES. REGARDEZ BIEN OÙ VOUS METTEZ LES PIEDS !

5. ATTENTION AUX SERPENTS ! VÉRIFIEZ BIEN AVANT DE VOUS ASSEOIR OU DE POSER LA MAIN À TERRE. NE SOULEVEZ JAMAIS DES CAILLOUX, ON NE SAIT JAMAIS CE QU'IL PEUT Y AVOIR DESSOUS.

6. N'OUBLIEZ PAS DE CONTRÔLER SOIGNEUSEMENT VOTRE ÉQUIPEMENT. EMPORTEZ TOUJOURS UN PULL DE PLUS QUE NÉCESSAIRE ET DE LA NOURRITURE, DE L'EAU ET UN KIT DE SURVIE (COUTEAU MULTI-USAGE, COUVERTURE DE SURVIE, LAMPE TORCHE ET ALLUMETTES).

7. NE BUVEZ PAS L'EAU DES RUISSEAUX. MÊME SI VOUS LA VOYEZ SORTIR DE LA ROCHE, ELLE POURRAIT ÊTRE POLLUÉE EN AMONT ! NE MANGEZ PAS DE CHAMPIGNONS OU DE BAIES QUE VOUS NE CONNAISSEZ PAS, ILS POURRAIENT ÊTRE VÉNÉNEUX !

8. RESPECTEZ LES ANIMAUX. NE LES DÉRANGEZ PAS, LA MONTAGNE EST LEUR MAISON !

9. NE LAISSEZ PAS DE DÉTRITUS DERRIÈRE VOUS. N'ALLUMEZ PAS DE FEU, C'EST DANGEREUX.

10. ÉCOUTEZ TOUJOURS LES CONSEILS DE CEUX QUI CONNAISSENT BIEN LA MONTAGNE. SI VOUS N'ÊTES PAS DES SPÉCIALISTES, FAITES-VOUS ACCOMPAGNER PAR UN GUIDE.

Pole pole !

LE MAL DE L'ALTITUDE peut toucher tous les alpinistes : il provoque des maux de tête, des quintes de toux et des difficultés respiratoires.
Il n'y a qu'un seul remède : redescendre tout doucement dans la vallée ! Pour le prévenir, il faut boire beaucoup et monter lentement… *Pole pole !*

SAVAIS-TU QUE...

Dans l'obscurité la plus complète, une l o n g u e
f i l e d'alpinistes se mit en marche en soufflant
sur un sentier en pente. Personne ne parlait.
Personne n'en avait la force.
Derrière moi, **CHACAL** ricana :
– **Cancoyote**, si tu roules sur la pente, je te rattra-
perai au vol, hé hé hééé !
Mais, moi, je ne ris pas : *je n'en avais pas la force.*
À mesure que le sentier montait, l'oxygène se
raréfiait... et la FATIGUE augmentait.
Tandis que je me traînais lamentablement sur la
pente caillouteuse, qui était de plus en plus raide,
CHACAL commença à me raconter des histoires
TERRIFIANTES.
– SAVAIS-TU QUE... en montagne le temps peut

changer brusquement ? **SAVAIS-TU QUE...** s'il change quand nous sommes au sommet, nous n'aurons pas le temps de redescendre ? **SAVAIS-TU QUE...** chaque année, quelqu'un meurt sur le Kilimandjaro ? Mais ne t'inquiète pas, Geronimo : *tu as déjà fait ton testament... tu as déjà choisi un beau cercueil... tu as déjà réservé une concession au cimetière...* Gros malin, tu as déjà pensé à tout, toi !

Je frissonnai (je ne savais pas si c'était à cause de ces histoires terrifiantes ou du froid). Je ne sentais plus mes pattes, j'avais l'impression d'être devenu un glaçon (idéal pour l'apéritif d'un yéti).

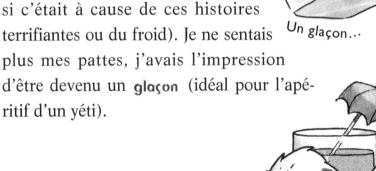

Un glaçon...

Je veux continuer !

Le moindre geste me coûtait un EFFORT énorme. Je me déplaçais au ralenti, comme plongé dans une bassine d'eau !

Soudain, il me vint une pensée : c'est à cette hauteur, 6 000 mètres, que volent les avions !

BARAKA me tendit une gourde.

– *Maji ?* (De l'eau ?) *Pole pole !* (Doucement !)

J'avais *très soif* et j'avalai d'un coup la moitié de la gourde.

Mais l'eau était glacée et je compris aussitôt que je venais de commettre une grave erreur !

Mon estomac se bloqua et j'eus une nausée terrible. UNE CONGESTION !

Je me roulais par terre, me tortillant avec des maux de ventre monstrueux : j'avais devant moi les chaussures de Baraka et de **CHACAL**.

BARAKA me dit gentiment :

– Tu n'y arriveras pas, Geronimo. On redescend.

Chacal insista lui aussi :

– Nous devons renoncer, Geronimo. Ne t'inquiète pas, nous ressaierons l'année prochaine !

J'avais très soif... l'eau était glacée... ...je fis une congestion !

Mais je pris mon courage à deux pattes et balbutiai :

– Non. Je veux continuer.

Je me relevai à grand-peine et me remis à marcher, en répétant à voix basse :

– Continuer continuer continuer continuer continuer continuer continuer continuer continuer…

continuer continuer continuer continuer continuer continuer continuer nuer continuer contin continuer continuer continu continuer continuer continuer contir nuer continuer continuer continuer contin continuer continuer continuer continuer continuer co tinuer continuer continuer continuer continuer continuer con nuer continuer continuer continuer continuer continuer continuer co tinuer continuer continuer continuer continuer continuer continuer con cont

nuer co

tinuer con

nuer continuer cor

nuer continuer contin

continuer continuer continuer cor

nuer continuer continuer continuer cor

nuer continuer continuer continuer continuer c

tinuer continuer continuer continuer continuer contin

continuer continuer continuer continuer continuer continuer c

tinuer continuer continuer continuer continuer continuer continuer cor

nuer continuer continuer continuer continuer continuer continuer continuer c

tinuer continuer continuer continuer continuer continuer continuer continuer contin

er continuer continuer continuer continuer continuer continuer continuer contin

tinuer continuer continuer continuer continuer continuer continuer continuer contin

ntinuer continuer continuer continuer continuer continuer continuer continuer co

ontinuer continuer continuer continuer continuer continuer continuer continuer contin

tinuer continuer continuer continuer continuer continuer continuer continuer contin

ontinuer continuer continuer continuer continuer continuer continuer continuer co

ntinuer continuer continuer continuer continuer continuer continuer continuer contin

r continuer continuer continuer continuer continuer continuer continuer continuer c

continuer continuer continuer continuer continuer continuer continuer continuer co

r continuer continuer continuer continuer continuer continuer continuer continuer c

continuer continuer continuer continuer continuer continuer continuer continuer co

J'AI L'IMPRESSION D'ÊTRE UNE MIETTE DANS L'UNIVERS INFINI !

CHACAL hurla d'un ton mélodramatique :

– Regarde, Geronimo ! Devant un tel spectacle, je me sens **geler**. Pas toi ?

Je balbutiai :

– Moi aussi, je me sens **geler**, mais c'est parce qu'il fait un froid de félin…

Il écarta les pattes et s'écria à tue-tête :
– Ça, c'est la vraie vie ! J'ai l'impression d'être une miette dans l'univers infini !

Monde, merci d'existeeeeeeeer !

Enfin, je levai les yeux… et, brusquement, j'en eus le souffle coupé. **CHACAL** avait raison : l'aube sur le Kilimandjaro est un spectacle à couper le souffle ! Au-dessus de l'horizon incurvé, le ciel était d'un indigo veiné de rose, de violet, d'orange…

Quel spectacle à couper le souffle !

Téa

Puis **CHACAL** murmura, romantique :

– Comme j'aimerais que Téa soit près de moi... *Tu sais que je suis fou d'elle ?*

Benjamin

Je me dis que j'aimerais bien avoir Benjamin avec moi. Savoir si, quand il sera grand, il escaladerait le **Kilimandjaro**. Puis je pensai aussi à Makeda. À ses yeux qui m'avaient ensorcelé. Avec elle, j'étais prêt à affronter les voyages les plus aventureux du monde ! Savoir si je la reverrais jamais ?

Chacal me donna un coup sur les oreilles avec sa raquette de trekking.

Makeda

– *HOP HOP HOP*, **Cancoyote**, on continue on continue on continue on continue on continue on continue on continue on continue on continue !

KILIMANDJARO !

Je me traînais dans un air de plus en plus pauvre en oxygène. **CHACAL** répétait :

– On continue on continue on continue on continue on continue on continue on continue on continue on continue...

Ses mots résonnaient dans mon cerveau. **BARAKA** m'indiqua la fin du sentier :

~ Kilimandjaro !

Nous étions arrivés au sommet ! Nous avions escaladé le Kilimandjaro !

CHACAL se baissa et embrassa la neige en hurlant à pleins poumons :

– Des émotions véritables pour de vraies souriiiiiis ! ***KILIMANDJARO, MERCI D'EXISTER !***

Je me relevai lentement (à cette hauteur, tous les mouvements demandent un effort terrible).

Je serrai la patte de **BARAKA** et de Chacal.

– Merci. Sans vous, je n'y serais jamais arrivé !

Baraka me regarda et sourit, puis murmura, *nerveux* :

– Il faut redescendre !!!

Nous prîmes une photo grâce au déclencheur automatique, en déployant le drapeau de Sourisia et en brandissant la photo que nous avait confiée Ratille.

Baraka était *très nerveux.*

– Il faut redescendre !!!

Le cœur rempli de bonheur, j'écartai les pattes et laissai mon regard errer au loin, loin, loin, là où ne peuvent voler que les rêves qui se sont enfin réalisés…

Baraka me secoua par un bras et répéta de nouveau, cette fois *très très très nerveux* :

– Il faut redescendre !!! **TOUT DE SUITE !**

Il désigna le ciel : au loin s'amassaient des nuages sombres.

IL FAUT
REDESCENDRE !

Inquiété par la *nervosité* de Baraka (je ne l'avais jamais vu *nerveux*), je me dépêchai de redescendre sur le sentier, les moustaches vibrant de frousse. Je levai les yeux vers le ciel... Au loin s'approchait un **énorme nuage** noir qui ne promettait rien de bon.

Je me souvins des histoires TERRIFIANTES que CHACAL m'avait racontées. Peut-être... allions-nous être bloqués par une tempête ? Peut-être... allions-nous y laisser notre pelage ? Peut-être... la petite concession du cimetière allait-elle m'être utile ?

Au lieu de répéter *pole pole* (doucement), BARAKA
nous lançait maintenant, de plus en plus agité :

– Il faut redescendreeeeeeee !

Le soleil disparut derrière des nuages d'un noir
d'encre. Et, en quelques minutes, le temps chan-
gea du tout au tout ! Un vent glacial commença à
balayer la montagne. Il était si fort qu'il me faisait
vaciller !

Il était plus facile de descendre que de monter...
Mais il était aussi plus facile de glisser !

Baraka ne cessait de nous faire des recomman-
dations :

– Attention où vous mettez les pattes !

Hélas, j'avais beau faire attention, je ne pus éviter
de déraper sur une arête rocheuse verglacée.

Je tombai en me débattant dans le vide !

Je hurlai :

– **Au secours, Chacal !**

Il essaya de me retenir par la queue, mais il glissa et tomba lui aussi du **Kilimandjaro**, du haut de... 5 895 mètres !

Chacal hurla :

– Ne t'inquiète pas, Geronimo, nous arriverons bien tôt ou tard dans la vallée !

Oui, tôt ou tard, nous arriverions sûrement dans la vallée...

Ou, plutôt, nous nous **ÉCRASERIONS** dans la vallée... J'en étais certain, ce serait vraiment une belle chute !

Roulant roulant roulant !

En tombant, **CHACAL** hurla :

– Nous sommes **TPDLP** (**T**rès **P**robablement **D**ans **L**e **P**étrin)...

Je répondis :

– Non, d'après moi, nous sommes **ASF** (**A**bso-lument **S**ûre-ment **F**inis) !

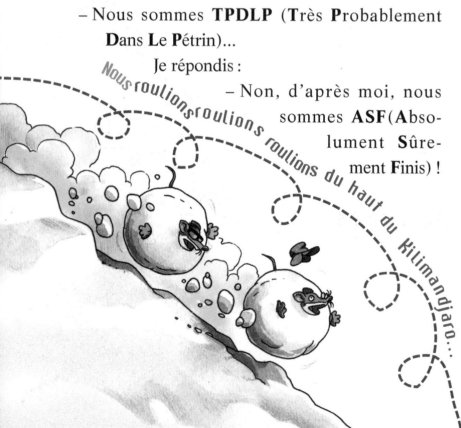

Nous roulions roulions roulions du haut du Kilimandjaro...

Après un TERRIBLE vol plané, nous atterrîmes sur un tas de neige fraîche.

Nous commençâmes à rouler vers la vallée !

Miraculeusement, nous fûmes soudain arrêtés.

Je me relevai, couvert de neige de la pointe de la queue à la pointe des moustaches.

Je balbutiai :

– **CHACAL**, tu es vivant ?

Je regardai autour de moi et vis une queue qui pointait hors de la NEIGE.

Inquiet, je commençai à creuser jusqu'à ce que je parvienne à extraire **CHACAL** de là.

J'essayai de le ranimer, mais il ne me répondit pas et n'ouvrit pas les yeux.

–Chacal ! Chacaaaaaaaal ! hurlai-je, terrorisé.

Qu'allais-je devenir sans *lui* ?

C'était *lui*, le spécialiste, pas *moi* !

Je réfléchis rapidement : nous devions retourner au refuge avant qu'il ne soit trop tard !

Je le chargeai sur mon dos et commençai à descendre. Toutes les demi-heures, je m'arrêtais pour reprendre mon souffle et vérifier comment allait **CHACAL**. Mais on aurait dit qu'il avait perdu connaissance.

Au bout de trois heures de marche, je dérapai sur une plaque de glace et tombai.

Pendant une fraction de seconde, il me sembla que **CHACAL** avait ouvert les yeux ! Mais il avait l'air d'être toujours évanoui.

Je me remis en marche. Deux heures plus tard, complètement épuisé, je m'écriai, désespéré :

– Que vais-je faire sans Chacal ?

Il me sembla entendre murmurer :

– Débrouille-toi !

Je regardai autour de moi, ahuri.

J'étais seul sur l'immensité GLACÉE.

Le seul rongeur près de moi était **CHACAL**... mais il était toujours évanoui !

Enfin, après une marche exténuante, j'arrivai au REFUGE HOROMBO.

Je rassemblai mes dernières forces pour crier :

– Eh, les gens du refuge ! Au secouuuuuuuurs ! Il y a un rongeur en difficulté !

C'est alors qu'une voix claironnante s'exclama :

– En difficulté ? Parle pour toi ! Moi, je vais **TRÈS BIEN** !

JE N'EN PEUX PLUS !

D'un bond athlétique, **CHACAL** sauta sur ses pieds.
J'étais tellement surpris que j'écarquillai les yeux.

– Mais tu es vivant ! Tu vas bien !

Il se vanta :

– Moi, je vais *toujours* bien ! Je suis inoxydable,
comme l'aluminium !

– Et pourquoi as-tu fait semblant d'être évanoui ?

Il ricana d'un air satisfait.

– Pour plusieurs raisons, prends note…

PRIMO : ÇA TE FAIT DU BIEN D'ENTRAÎNER UN PEU TES PETITS MUSCLES.

SECUNDO : ÇA TE FAIT DU BIEN DE RÉUSSIR À T'EN SORTIR SANS MOI.

TERTIO : ÇA TE FAIT DU BIEN D'APPRENDRE À TE DÉBROUILLER !

Je me souvins qu'il m'avait semblé voir qu'il
ouvrait les yeux… et que j'avais entendu murmurer
« Débrouille-toi… »

Je m'écriai, indigné :

– Tu as profité de moi pour que je te promène
sur mon dos pendant des heures !

– J'ai fait ça pour ton bien, j'espère que tu débordes de gratitude pour moi !

– Tu as vu comme une bonne marche te rend tonique ? Hein ? À mon avis, tu dois être débordant de gratituuuude !

Je le poursuivis en courant autour du refuge.

– Je vais t'en donner, moi, de la gratitude !

J'AI BIEN CRU Y LAISSER MON PELAGE !

BARAKA vint à notre rencontre en courant, tout heureux.

– Incroyable ! Vous êtes vivants !

Chacal ricana :

– C'était *évident*, non ?

Je marmonnai :

– Pas si *évident* que cela ! Vraiment, moi j'ai bien cru y laisser mon pelage !

C'est alors que mon téléphone portable sonna.

C'était **SOUTERRAT TÉNÉBRAX**, qui chicota, déçu :

– Geronimo ! Tu es encore vivant ? J'avais déjà préparé ton cercueil… La concession au cimetière était prête… et j'aurais bien vu de beaux chrysanthèmes sur ta tombe…

Je frissonnai.

– Euh, merci, Souterrat, mais ce sera pour une autre fois…

CHACAL m'arracha le téléphone de la patte.

– Garde tout cela bien au chaud, *Soutechose,* il se pourrait que ça serve bientôt… Je veux emmener la **Cancoyote** ici présente sur la plus haute montagne du monde, sur l'**Everest**, excuse du peu, et quand on parle d'Everest, on parle de **CERCUEIL** et de **CIMETIÈRE** et de **TOMBE**… Ahha ha haaa, je ne sais pas si je m'explique bien !

Un cri féminin jaillit de l'écouteur.

– Geronimooo ! Je t'attends, nous devons nous *fianceeeer !!!*

CHACAL rugit :

– Mademoiselle Ténébreuse ? C'est vous, n'est-ce pas ? Je vous ai reconnue à votre cri. Vous avez vu qu'il est sain et sauf ? Vous verrez comme il est devenu tonique, je n'ose presque plus l'appeler **Cancoyote**... Mais avant de lui décerner le certificat d'**A.V.S.** (**A**uthentique **V**éritable **S**ouris), je dois d'abord lui faire escalader un autre sommet... l'**Everest** ! Vous êtes d'accord, n'est-ce pas ? Bon, c'est bien ce que je pensais... Elles sont toujours contentes de dire de leur fiancé, ou plutôt de leur mari : « On dirait un nigaud, mais il a escaladé l'Everest ! » OK, affaire conclue, je vous le rapporte de l'Everest (vivant ou **MORT**), mais promettez-moi que je serai son témoin le jour du mariage ! Oh, à propos, quand vous aurez un fils, faites-moi plaisir, appelez-le **CHACAL**... Quoiii ? Vous y aviez déjà pensé ? Mais vous savez que nous avons plein de choses en commun ? Alors, affaire conclue, Gerominou est un peu bizarre, mais s'il fait des CAPRICES, je vous le traîne par les moustaches jusqu'à l'autel, promis, *PAROLE DE CHACAL* !

Il raccrocha, satisfait.

– Ne me ridiculise pas, hein ? Je n'ai qu'une parole, moi !

J'essayai d'imaginer mon avenir avec une femme comme Ténébreuse, un beau-père comme Souterrat et un fils (ou une fille ?) prénommé Chacal… un avenir de CAUCHEMAR !

ASANTE SANA !

BARAKA arriva avec le certificat qui témoignait que nous avions escaladé le **Kilimandjaro**.

Je le saluai, ému :

– *Kwaheri Baraka, asante sana !* (Au revoir, Baraka, mille mercis !)

Un avion nous ramena à Sourisia… à la maison !

Mon petit neveu m'attendait à l'aéroport.

– Tonton ! J'étais sûr que tu arriverais au sommet du **Kilimandjaro** !

Je lui offris le certificat.

– Benjamin ! C'est pour toi. J'espère que, un jour, tu pourras toi aussi vivre une aventure comme celle-ci !

CERTIFICAT

Nous certifions que le rongeur

Geronimo Stilton

----

a escaladé

le Kilimandjaro.

DITES-MOI POURQUOI JE VOUS AIME TANT !

J'écrivis en un temps record l'article sur notre expédition et je le publiai dans *l'Écho du rongeur*. Ce fut un succès INCROYABLE !

Les téléphones commencèrent à sonner, les fax à cracher des messages, les ordinateurs à recevoir des mails.

Les secrétaires ne cessaient d'entasser des dizaines, des centaines, des milliers de lettres sur mon bureau.

– Monsieur, vous avez une foule d'admiratrices ! Et elles veulent toutes vous rencontrer, vous et CHACAL !

La police fut obligée de placer des barrières devant *l'Écho du rongeur,* car nos admiratrices étaient si enthousiastes qu'elles essayaient d'enfoncer la porte.

Barricadé dans mon bureau, je me mis à la fenêtre et entendis un cri :

– Le voici ! C'est lui ! C'est Stilton, *Geronimo Stilton* !

Chacal parut à mes côtés, envoya des baisers à la foule en gesticulant.

– Dites-moi pourquoi je vous aime tant ! Dites-le moi ! Merci d'exister !

Un cri monta du public qui fit trembler les vitres.

– Chacaaaaaaaaal !

Pâle comme un camembert, je demandai à la rédactrice en chef, Chantilly :

– Euh, votre porte est bien fermée, n'est-ce pas ?

Elle alla contrôler les cadenas.

– Ne vous inquiétez pas, monsieur Stilton, tout est sous contrôle (ou presque).

JE SUIS UN GARS,
OU PLUTÔT UN RAT,
TRÈS TIMIDE…

C'est alors que 𝓈𝓸𝓃𝓃𝓪 le téléphone.

– Allô ? Geronimo ? C'est moi, TÉNÉBREUSE !

Je chicotai :

– Salut, Ténébreuse, excuse-moi, mais je suis très occupé…

– Écoute, Geronimo, comme tu le sais, je suis la plus célèbre cinéaste de l'île des Souris et je ne peux pas laisser échapper une telle occasion… Je veux tourner un film avec Chacal et toi sur le Kilimandjaro…

J'avais besoin d'y réfléchir : je suis un gars, *ou plutôt un rat*, très timide…

Mais Chacal me cria dans les oreilles :

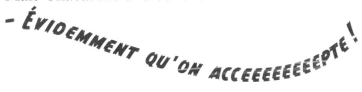

– ÉVIDEMMENT QU'ON ACCEEEEEEEEPTE !

Je murmurai donc :

– Euh… c'est bon !

Le tournage du film commença aussitôt.

Quelle émotion !

Le film s'intitulait : LE KILIMAND-JARO, C'EST PAS POUR LES ZÉROS !

CHACAL voulait que nous retournions tous ensemble au sommet du **Kilimandjaro** pour tourner les scènes sur les lieux.

– Imagine comme ce serait beau, **Cancoyote**, de revivre ces émotions, de refaire tous ces efforts, d'affronter de nouveaux ces dangers…

Rapide comme un rat, j'allai me réfugier dans le placard à balais, où je m'enfermai à double tour !

Je criai :

– Non, non et non, il n'en est pas question ! Je ne retourne pas sur le **Kilimandjaro** ! Parole de Stilton, *Geronimo Stilton* !

CHACAL secoua la tête.

– Vraiment, tu me déçois... Bon, d'accord, cela veut dire que nous irons sur l'**Everest** !

Je ne sortis du placard à balais que quand mon petit neveu Benjamin me confirma (il avait vérifié sur internet) que ce n'était pas la saison pour escalader l'**Everest**.

Cependant, **TÉNÉBREUSE** expliquait à **CHACAL** qu'elle avait recréé le décor dans un théâtre.

Il fut très **DÉÇU**.

– Ah, dans un théâtre ? Pas de froid ? Pas de neige ? Pas de précipices ? Pas de vertige ? Pas d'inconfort ? Pas de risques ? Pas de danger ? Pas de bleus, d'os cassés, de doigts congelés, d'ampoules ? Dommage...

Moi, au contraire, j'étais soulagé... Que pouvait-il m'arriver dans un studio ?

Je donnai mon accord.

Je pris des cours de *diction* (pour apprendre à bien prononcer les mots)... et des cours de *comédie* (pour apprendre à jouer de manière efficace)...

Oh, comme c'était **difficile** !

Mais je ne baissai pas les pattes...

J'avais appris cela durant cette expédition sur le *Kilimandjaro* :

IL NE FAUT JAMAIS BAISSER LES PATTES !

Enfin arriva le jour tant attendu.

QUE D'ÉMOTION !

J'enfilai mon costume… Le maquilleur coiffa mon pelage, puis me poudra le museau… La metteuse en scène cria :

– Clac ! Moteur !

Les cadreurs me filmèrent tandis que je jouais avec **CHACAL**. Les scènes furent montées…

Six mois plus tard, le film était prêt.

MINUIT...
EN FLAMMES !

Le soir de la première, je me rendis au cinéma avec **CHACAL** et mon petit neveu Benjamin.
Toutes les lumières s'éteignirent et l'écran s'illumina.
De la première à la dernière scène, le film me fit revivre cette aventure incroyable.
Quand les lumières se rallumèrent, la salle explosa en applaudissements.

Le public se pressait autour de nous et je signais des centaines d'autographes, quand je sentis un délicat parfum d'eau de Cologne au camembert. Pendant un instant, il me sembla voir un museau au pelage ambré… Peut-être était-ce Makeda !

C'est à ce moment-là qu'arriva TÉNÉBREUSE.

– Geronimo ! Ne passe pas trop de temps avec tes admiratrices, je suis très JA-LOU-SE !

Je regardai anxieusement autour de moi, mais je n'y vis pas même l'ombre de Makeda.

Vers minuit arriva mon ami FARFOUIN SCOUIT.

CHACAL et lui étaient très jaloux l'un de l'autre : tous deux sont amoureux de ma sœur ! Je pâlis. Nous risquions… vraiment… de vivre un…

MINUIT EN FLAMMES !

AVEC QUI SORS-TU CE SOIR ?

Sur la place principale de Sourisia, l'horloge de la tour sonna minuit.

Dong dong dong dong dong dong dong dong dong dong dong dong !

Au douzième coup, **CHACAL** cria d'un air décidé :

– Eh, toi, là-bas ! Tu t'appelles bien **SCOUIT** ?

Farfouin lui tint tête.

– Et toi ? Qui es-tu ?

– Je suis **CHACAL** !

– Chacal qui ?

– **CHACAL** un point c'est tout !

J'essayai de calmer les esprits.

– Euh, je suis content que mes deux meilleurs 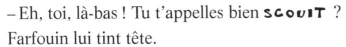 se rencontrent enfin...

Mais ils ne m'écoutaient pas du tout. Ils se regardaient fixement.

CHACAL avec un rictus de gros dur imprimé sur le museau...

FARFOUIN avec un petit sourire effronté de tête à claques...

C'est à ce moment qu'arriva Téa !

Chacal et Far-
fouin changèrent
aussitôt d'expres-
sion.

– Téa ! murmura
CHACAL, excité, les
moustaches vibrant d'émotion.
– Téa ! susurra **FARFouIN**, ému, avec une
expression de nigaud absolu.
Elle ricana, satisfaite.
Je soupirai.
Hélas, je connais bien ma sœur.
Les deux s'écrièrent *comme une seule souris* :

– Téa, avec qui sors-tu, ce soir ?

Elle sourit sous ses moustaches et secoua la tête.
– En fait, je me suis déjà engagée avec *lui* !
Derrière elle parut un gars, *ou plutôt un rat*, à
l'air absolument **ODIEUX**.

C'était un bellâtre, ça, oui, on ne pouvait pas le nier, mais il affichait une expression vaniteuse qui ne me plut pas du tout. Et il prenait de grands airs avec ça !

Il fit le *baisepatte* à Téa et murmura d'un ton très mondain :

– Pârfait très chêre, hâtons-nous, nôtre autô nous âttend !

Ils se dirigèrent vers une luxueuse AUTO DE SPORT JAUNE, dont l'intérieur était tapissé de fourrure de chat synthétique.

Téa nous salua de la patte, pendant que les commères murmuraient :

– C'est Igor Snob, le plus célèbre acteur du moment, il vient de recevoir l'Oscar !

– *Par mille mimolettes !* **chicotai-je**, inquiet.

J'espérais que rien n'était sérieux pour Téa, car l'idée d'avoir un beau-frère comme celui-ci ne me plaisait pas du tout !

CHACAL et **FARFOUIN** se regardèrent fixement de nouveau, mais, cette fois, d'un air désespéré. Puis ils s'embrassèrent en sanglotant.

J'eus une inspiration.

– Je vous invite au meilleur restaurant de la ville, le FROMAGE D'OR... Nous allons noyer cette contrariété dans de la fondue !

FARFOUIN s'illumina.

– De la fondue ? Bravo, Stilton*itou*, c'est vraiment une belle *'tite* idée !

Chacal hurla :

– De la fondue ? Génial, Gggeronimooo !

AH,
LE FROMAGE…

Nous nous retrouvâmes tous les trois autour d'une table.

Je proposai :

– *Alors, vous faites la paix ?*

Ils se dévisagèrent.

– La paix, non, mais… une trêve !

Ils se serrèrent la patte, puis se mirent à grignoter mille délicieux fromages, en bavardant joyeusement. Je souris sous mes moustaches.

Ah, le fromage, ça peut accomplir des miracles…

Tandis que nous nous goinfrions de fondue, j'entendis une douce voix m'appeler :

– Monsieur Stilton ! J'ai vu votre film ! **Félici-tations !**

C'était Makeda.

Je fus tellement ému que j'avalai de travers un morceau de pain trempé dans la fondue bouillante et faillis m'étrangler.

– AAAAAAAAAAAAGGGGGHHHHHHH!!!

Les larmes aux yeux (*non pas* à cause de l'émotion, mais parce que la fondue était *vraiment* bouillante), je m'approchai.

– Euh, mademoiselle Makeda, vous ne savez pas à quel point j'ai pensé à vous… Je regardai ce museau que j'avais revu si souvent dans mes rêves, je baisai cette petite patte douce, sentis cette **délicate** eau de Cologne au camembert…

AH,
L'AMOUR !

Makeda sourit doucement.

– Moi aussi, j'ai pensé à vous, Geronimo.

Je balbutiai, avec un air de nigaud absolu :

– *Vraiment ?* Vraiment, vous avez pensé à moi ?

– Je veux vous faire une proposition, Geronimo…

– Ouiiiiii ! Que voulez-vous me proposer ?

– Voulez-vous escalader l'Everest avec moi ?

Moi, escalader l'Everest ???

Je m'agenouillai devant elle.

– *Par mille mimolettes*, mais bien sûr que je le veux ! Pour vous, Makeda, j'irai au bout du monde !

Un instant plus tard, je me rendis compte de ce que je venais de dire et je me mis une patte devant la bouche, inquiet.

Moi, escalader l'Éverest !!! Je ne suis pas un gars, *ou plutôt un rat*, très intrépide ! Au contraire, même !

Je regardai fixement Makeda dans les yeux. De nouveau, je ressentis un trouble auquel je ne savais pas résister... Ah, l'*Amour* ! Que ne ferait-on pas, par amour ?

Voulez-vous savoir ce qui se passa ensuite ?

J'escaladai vraiment l'Éverest.

Scouit, j'arrivai au sommet de la plus haute montagne du monde !

Mais ça, c'est une autre aventure, chers amis lecteurs, une autre histoire...

TABLE DES MATIÈRES

Geronimo Stilton

DANS LA MÊME COLLECTION

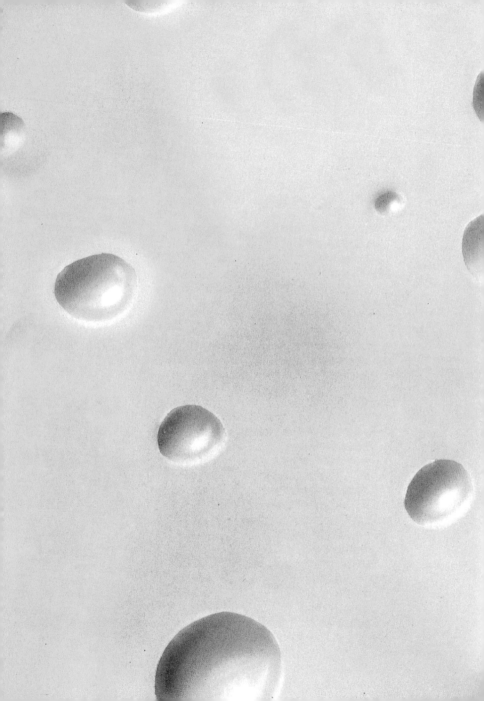

L'ÉCHO DU RONGEUR
1. Entrée
2. Imprimerie (où l'on imprime les livres et le journal)
3. Administration
4. Rédaction (où travaillent les rédacteurs, les maquettistes
   et les illustrateurs)
5. Bureau de Geronimo Stilton
6. Piste d'atterrissage pour hélicoptère

Sourisia, la ville des Souris

1. Zone industrielle de Sourisia
2. Usine de fromages
3. Aéroport
4. Télévision et radio
5. Marché aux fromages
6. Marché aux poissons
7. Hôtel de ville
8. Château de Snobinailles
9. Sept collines de Sourisia
10. Gare
11. Centre commercial
12. Cinéma
13. Gymnase
14. Salle de concerts
15. Place de la Pierre-qui-Chante
16. Théâtre Tortillon
17. Grand Hôtel
18. Hôpital
19. Jardin botanique
20. Bazar des Puces-qui-boitent
21. Parking
22. Musée d'Art moderne
23. Université et bibliothèque
24. La Gazette du rat
25. L'Écho du rongeur
26. Maison de Traquenard
27. Quartier de la mode
28. Restaurant du Fromage d'or
29. Centre pour la Protection de la mer et de l'environnement
30. Capitainerie du port
31. Stade
32. Terrain de golf
33. Piscine
34. Tennis
35. Parc d'attractions
36. Maison de Geronimo Stilton
37. Quartier des antiquaires
38. Librairie
39. Chantiers navals
40. Maison de Téa
41. Port
42. Phare
43. Statue de la Liberté

Île des Souris

Au revoir, chers amis rongeurs, et à bientôt
pour de nouvelles aventures.
Des aventures au poil, parole de Stilton, de...

Geronimo Stilton